笨一蛋

笨一蛋

好無聊！

好蠢

來拼個輸贏！

你這傢伙—

Fluffy Book Series

小貂橫紋君

Yokoshima-kun Ohmori Hiroko
譯者·黃郁欽　大森裕子

哼！

橫紋君是一隻全身雪白的貂，

看什麼看！

身上永遠穿著橫紋衫。

鈴鈴鈴鈴……

橫紋君每天起床後做的第一件事就是——

立刻再昏睡過去。

起床實在是太痛苦了，

嗚一

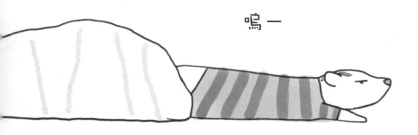

簡直痛不欲生。

哇！好新鮮的雞蛋～

但是，橫紋君一定會好好吃完早餐。

這是哪門子節目，
誰會看啊⋯⋯

「萬事通博士
大猜謎！」
的時間到了！

橫紋君是電視兒童。

一想到自己怎麼這麼聰明，橫紋君就蹺得不得了。

橫紋君最痛恨洗衣服，
但是⋯⋯

卻愛死了剛洗好的
橫紋衫！

其實……嘿嘿，
俺是隻白熊哦！

橫紋君偶爾喜歡唬唬人，

或是虛張聲勢。

橫紋君喜歡靜靜地觀察，

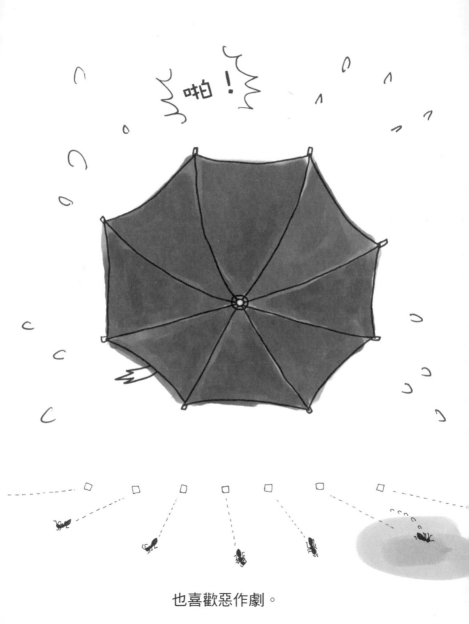

也喜歡惡作劇。

要我道歉也可以啦！可是我又沒錯──

橫紋君從來不說「歹勢」，

ㄞ……ㄞ竹出好筍。

打死也說不出口。

怎麼沒開冷氣啊？

橫紋君怕熱，

怎麼沒把暖爐拿出來哩？

也怕冷。

乍看之下好像很愛漂亮，

這個嘛……

選衣服也非常龜毛，但……

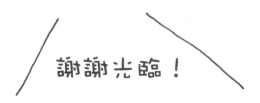

謝謝光臨！

從來沒違反過自己的「本色」。

這下後悔也來不及了。

咦？

咦咦？

砰！

摩羯座的你

總體運勢　☆☆☆☆☆

與朋友交往順利無比！
大家會巴結你，讚賞你
的sense很棒。現在的
你發光發熱，閃閃發亮!!
以時髦的裝扮外出，
諸事大吉!!!

幸運物

橫條紋的衣服。新衣服。

從對面走過來的是——熊小姐珍妮。

嗨！橫紋君！

31

珍妮小姐，
衣服上只有一個小花樣
的款式已經退流行了喲！
我跟妳說，現在
這個時代啊…

看！

橫紋君立刻以專家的姿態說起教來。

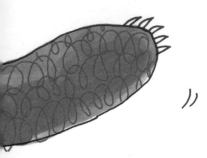

下次有空再慢慢聊。

要有條紋的

……

珍妮小姐很快就閃了。

哼！什麼嘛！明明是
一隻大熊，衣服上卻
畫個小月亮——

這也是沒辦法的事。

過了一會兒，
來了瓢蟲波波洛夫斯基
和烏龜卡利克松。

什麼？

咦？

他們天生就很花俏，

什麼跟什麼嘛！
他們這樣根本就
不叫流行！

?

橫紋君的氣勢立刻被打敗了。

接下來，
遇到了花豹石川先生。

石川先生的豹紋炫得不得了。

你好啊，橫紋君！

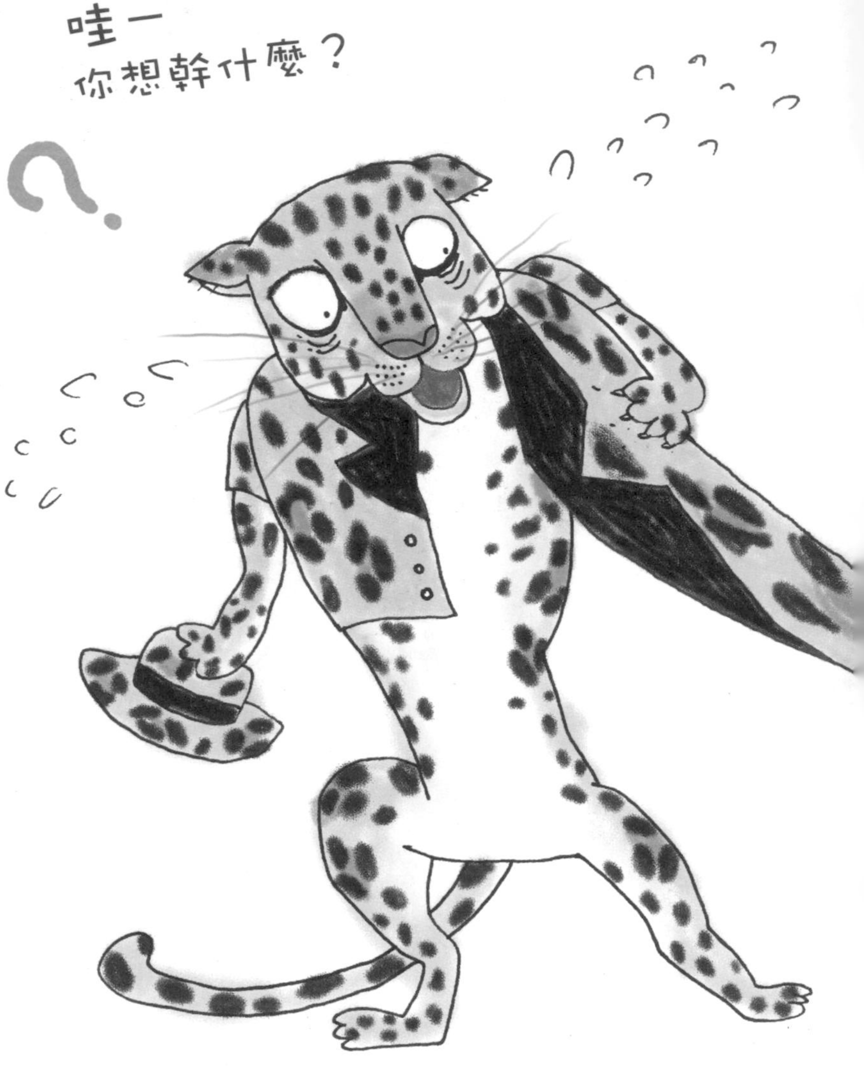
哇一
你想幹什麼？

快給我剝下來！

橫紋君突然冒起了無名火。

嗯？

呀一

嘿嘿，發現新目標。

YO！

是倉鼠金熊君。

而這位金熊君的衣服呢⋯⋯

是可以兩面穿的。

橫紋君開始想回家了，

以後再也不相信星座這種鬼東西了。

啊！

橫紋君一抬頭，
發現粉紅妹就站在面前。

要回家？

嗯

兩個人回家的路是一樣的。

我來啦！
　　慢吞吞的傢伙 ——

橫紋君把包包接了過來。

謝謝～

粉紅妹說了聲謝謝。

咦？
　　新的橫紋衫……

粉紅妹注意到了，

橫條紋跟你很配呢，
　　因為你的毛很白。

誇了橫紋君幾句。

妳這傢伙！
　在說什麼啊——

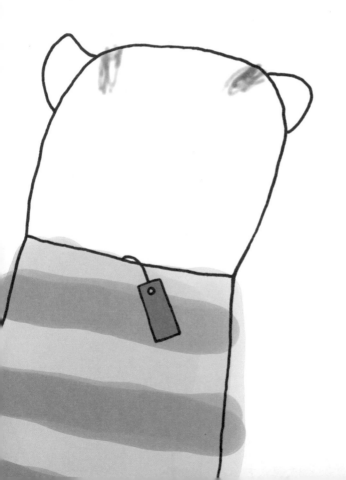

橫紋君的尾巴不知不覺翹了起來，
走路的速度也稍微慢了下來⋯⋯

Fluffy
FZ0101

小貂橫紋君
よこしまくん

作者
大森裕子
譯者
黃郁欽

主編 林怡君　　發行人 孫思照
編輯 蕭名芸、何曼瑄　董事長
美編 周家瑤　　總經理 莫昭平
執行企劃 李慧貞　總編輯 林馨琴

出版者　　　　　印刷 華展印刷有限公司
時報文化出版企業股份有限公司　初版一刷 二〇〇六年六月十九日
　　　　　　　　　定價 一六〇元
台北市10803和平西路三段二四〇號三樓
客服專線 （〇二）二三〇四-七一〇三
郵撥 19344724 時報文化出版公司
信箱 台北郵政七九～九九信箱　政院新聞局局版北市業字第八〇號
　　　　　　　　　　　　　版權所有，翻印必究
時報悅讀網 http://www.readingtimes.com.tw　（缺頁或破損的書，請寄回更換）
電子郵件信箱 comics@readingtimes.com.tw　ISBN 957-13-4492-3
法律顧問 理律法律事務所陳長文律師、李念祖律師　Printed in Taiwan

國家圖書館出版品預行編目資料

小貂橫紋君 / 大森裕子圖. 文. -- 初版.
-臺北市：時報文化, 2006[民95]
　面；　公分.
　譯自：よこしまくん
　ISBN 957-13-4492-3(精裝)

861.59　　　　　　　95010192

太瑣碎了

什麼？

為什麼哭？

算了！

我是專家嘛

ㄟ